1896 (Décembre 1er)

Atelier

DE

FABIUS BREST

TABLEAUX ET ÉTUDES

MEUBLES ANCIENS, BRONZES, CURIOSITÉS

Objets d'Orient

VENTE

HOTEL DROUOT, SALLE N° 8

Le Mardi 1er Décembre 1896

<table>
<tr><td>COMMISSAIRE-PRISEUR</td><td>EXPERT</td></tr>
<tr><td>Me PAUL CHEVALLIER</td><td>M. B. LASQUIN</td></tr>
<tr><td>10, rue Grange-Batelière, 10</td><td>12, rue Laffitte, 12</td></tr>
</table>

CATALOGUE

DES

TABLEAUX ET ÉTUDES

PAR

FABIUS BREST

ŒUVRES PAR DIVERS ARTISTES

Eug. Delacroix, Couture, Ziem, Imer, G. Colin, Loubon
Monticelli, Dieterle, E. Yon, etc.

MEUBLES ANCIENS, BRONZES, CURIOSITÉS

OBJETS D'ORIENT

Et Ustensiles d'Artiste-Peintre

LE TOUT GARNISSANT

L'ATELIER DE FABIUS BREST

Dont la Vente aura lieu

HOTEL DROUOT, SALLE N° 8

Le Mardi 1er Décembre 1896

à deux heures précises

Mᶜ PAUL CHEVALLIER	**M. B. LASQUIN**
COMMISSAIRE-PRISEUR	EXPERT
10, rue de la Grange-Batelière, 10	12, rue Laffitte, 12

Chez lesquels se trouve le présent Catalogue

EXPOSITION PUBLIQUE

Le Lundi 30 Novembre 1896, de 1 heure 1/2 à 5 heures 1/2

CONDITIONS DE LA VENTE

Elle sera faite au comptant.

Les acquéreurs paieront *cinq pour cent* en sus des adjudications.

L'exposition mettant le public à même de se rendre compte de l'état et de la nature des objets, il ne sera admis aucune réclamation une fois l'adjudication prononcée.

Paris. — Imp. de l'Art, E. Moreau et Cie, 41, rue de la Victoire.

FABIUS BREST

Fabius Brest, le peintre orientaliste bien connu, est né à Marseille le 31 juillet 1823.

Élève du vieux maître marseillais Émile Loubon, il reçut de lui les qualités essentielles du peintre, et par dessus tout l'amour de son art et une conscience artistique inébranlable.

Si l'on n'avait pas abusé cruellement du mot, c'est de Fabius Brest qu'on aurait pu dire qu'il était un vieux lutteur : car depuis l'année de son premier envoi au Salon en 1857, c'est-à-dire depuis trente-neuf ans, il n'a pas laissé passer une seule année sans exposer une ou plusieurs toiles ; et il a fallu que l'âge et la maladie vinssent lui arracher des mains sa palette et ses pinceaux pour qu'il renonçât à cette manifestation annuelle de son activité et de son talent.

Après avoir cherché sa voie quelques années, un séjour prolongé à Constantinople lui indiqua le genre spécial où il devait trouver tant de succès et dont il devait faire son domaine.

Fabius Brest fut en effet l'un des premiers à

faire connaître en France et en Europe le presti-
gieux soleil d'Orient et ces bords enchantés du
Bosphore qui lui révélèrent tout un côté de
l'art. En quelques années d'un travail acharné, il
recueillit sur place assez d'études et de croquis
pour alimenter toute une vie d'artiste. De tous les
coins de Constantinople, la ville étrange et magni-
fique entre toutes, aucun ne conserva de secrets
pour lui, et l'antique Bysance revécut, aussi lumi-
neuse, aussi étincelante, dans son œuvre (la Place
Top-Hané, le carrefour de Sainte-Sophie, Bab
Humayoun, une des portes du vieux Sérail, Kief
dans la vallée des Roses). Puis ce fut cette longue
et merveilleuse ligne de côtes ensoleillées, depuis la
pointe du Sérail jusqu'à l'extrémité Nord du
Bosphore, avec pour escales ces féeriques villages
dont les noms harmonieux sont célèbres aujour-
d'hui, Beïcos, Buyuk-Déré, Eyoub, Therapia, Bebec,
Kirech-Bournou, etc.

La notoriété de Fabius Brest s'établit rapide-
ment ; et son œuvre, vivement disputé après cha-
que Salon, est aujourd'hui dispersé dans nos
Musées de province et dans les collections particu-
lières. A Paris même, le Musée du Luxembourg
possède une de ses meilleures toiles : Les bords du
Bosphore à Bebec, qui date de 1863.

La critique s'était montrée dès le premier jour
aussi favorable au peintre que le grand public. Les

premiers écrivains artistiques du temps, Edmond About, Théophile Gautier, Paul de Saint-Victor, pour ne nommer que les plus illustres, parlèrent de ses œuvres en termes plus que flatteurs.

Voici comment Edmond About, entre autres, saluait ses débuts :

« .. Je passe à M. Brest, un des jeunes maîtres qui se sont révélés cette année. M. Brest ira loin, ou pour mieux dire il est arrivé. Bien peu d'hommes avant lui ont rendu les aspects d'Orient avec cette finesse... »

Ailleurs, c'est Théophile Gautier qui écrit dans son compte rendu du Salon de 1860 au Moniteur Universel :

« M. Brest. La Place de l'At-Meidan à Constantinople reproduit avec la plus pittoresque exactitude l'aspect et le fourmillement de ce vaste espace qui formait l'Hippodrome de Bysance. A la droite du spectateur, en regardant l'Obélisque, la Solimanyéh arrondit son dôme, dresse ses minarets et prolonge ses murs d'enceinte que dépassent des feuillages ; à gauche s'entassent des maisons en bois découpé de couleurs tendres, avec leurs étages en surplomb... Nous pouvons comme témoin oculaire attester la vérité sobre et forte du tableau de M. Brest. Nous en dirons autant de la Pointe du Sérail et du Missir-Charsi, bazar des Drogues. »

C'est l'éclat et la qualité particulière de la lumière qui frappent surtout Paul de Saint-Victor dans les tableaux de l'artiste :

« M. Brest. Fouillis d'arbres et d'eau, de barques et de maisons, de costumes et d'architectures, où l'air circule, où la lumière étincelle, et dont l'exactitude pittoresque saute aux yeux en les éblouissant. »

La finesse d'exécution, comme disait Edmond About, la vérité « sobre et forte » des paysages et des personnages, selon le mot de Théophile Gautier, et la lumière étincelante qui charmait Paul de Saint-Victor, telles sont en effet les qualités maitresses de Fabius Brest, celles qui ont fait le succès de la plupart de ses toiles, et qu'on retrouve, plus vives peut-être encore et plus affirmées, dans les nombreuses et remarquables études que ses amis ont si longtemps admirées aux murs de son atelier, et que la foule des amateurs bien inspirés viendra se disputer le jour de sa vente publique.

Un mot encore de l'intéressante collection de faïences, de plats, d'aiguières, d'armes, de plaques persanes, et autres curiosités artistiques de toute sorte recueillies par Fabius Brest au cours de ses voyages, à une époque où l'on pouvait faire d'heureuses trouvailles dans cet Orient, si exploité depuis qu'il en est devenu presque banal. Il y a là des pièces rares, des merveilles de goût et d'originalité qui feront le bonheur des amateurs.　　　　AD. BADIN.

DÉSIGNATION

TABLEAUX ET ÉTUDES

PAR

FABIUS BREST

1 — *Le Pont du Rialto, à Venise.*

2 — *Panneau décoratif.*

3 — *Bords du Bosphore, à Bebec.*

4 — *Prière de midi, Mosquée de Trébizonde.*

5 — *Kief sur la route de Kerrassunde, à Amassia.*

6 — *Carrefour d'Eyoub, à Constantinople.*

7 — *La Tour de Galata, à Constantinople.*

8 — *Place Top-Hané, à Constantinople.*

9 — *Rue des Fabricants-d'Avirons, à Constantinople.*

10 — *Entrée du Château de la Tour-Landry (Maine-et-Loire).*

11 — *Barques sur le Bosphore.*

12 — *Fleurs des champs.*

13 — *Pécheuses d'Yport.*

14 — *Battage du blé (Maine-et-Loire).*

15 — *Le Pont Flavien, à Saint-Chamas (Provence).*

16 — *Fruits du Midi.*

17 — *Intérieur d'atelier, à Constantinople.*

18 — *Marché, à Padoue.*

19 — *Les Châteaux d'Europe sur le Bosphore.*

20 — *Village Dasnières (Calvados).*

21 — *Quai des Esclavons, à Venise.*

22 — *Pêcheuses d'Yport.*

23 — *Bords du Bosphore.*

24 — *Missir-Charsi, Bazar des Drogues, à Constantinople.*

25 — *Etude de fleurs.*

26 — *Modèle de tapisserie, esquisse, pour la manufacture de Beauvais.*

27 — *Fleurs et Bibelots.*

28 — *Cour du Château de la Tour-Landry (Maine-et-Loire).*

29 — *Les Pêcheries de Bebec sur le Bosphore.*

30 — *Village de Nervi, près Gênes.*

31 — *Étude de femme couchée nue.*

32 — *Étude de femme, costume turc, couchée.*

33 — *Venise. Église Notre-Dame-du-Rosaire.*

34 — *Le Pont des Trois-Arches, à Venise.*

35 — *Vue de Moret.*

36 — *Un canal, à Venise.*

37 — *Le Palais Ducal, à Venise.*

38 — *Marseille, le Port.*

39 — *Le Plan Daups (Provence).*

40 — *Le Faubourg Saint-Jean, à Beauvais.*

41 — *Café des Circassiens marchands d'esclaves, à Constantinople.*

42 — *Église de la Salute, à Venise.*

43 — *Environs de Nantes.*

44 — *Environs de Nantes.*

45 — *Venise.*

46 — *Le Pont des Soupirs, à Venise.*

47 — *Kief dans la vallée des Roses, à Buyuk-Déré.*

48 — *Pie et Sansonnet.*

49 — *Porte de la citadelle de Trébizonde.*

50 — *Fêtes de Pâques arméniennes, à Constantinople.*

51 — *Kief de l'Oc-Meïdan, à Constantinople.*

52 — *Mosquée, à Trébizonde.*

53 — *Le Ruisseau de Kassim-Pacha, à Constantinople.*

54 — *Kief de Hunkiar Suyou Buyuk-Déré.*

55 — *Oliviers, à Menton.*

56 — *Village de Cagnes (Alpes-Maritimes).*

57 — *Étude de l'entrée du château de la tour Landry.*

58 — *Perdreau et petits Oiseaux.*

59 — *Château de Nemours.*

60 — *Fruits du Midi.*

61 — *Fruits du Midi.*

62 — *Fleurs, Lys et Pivoines.*

63 — *Fleurs diverses.*

64 — *Étude, à Moret.*

65 — *Étude, à Nemours.*

66 — *Étude du pont du Rialto.*

67 — *Étude de Peupliers.*

68 — *Étude, Femme du Maroc.*

69 — *Faubourg Saint-Jean, à Beauvais.*

70 — *Étude de Femme couchée.*

71 — *Étude de Femme couchée.*

72 — *Bords du Var (Hiver).*

73 — *Etude de Vaches (Maine-et-Loire).*

74 — *Mûres de haies.*

75 — *Étude, à Nemours.*

76 — *Une Rue, à Alger.*

77 — *Étude de Femme (Afrique).*

78 — *Venise, le grand Canal.*

79 — *Château d'Asnières (Calvados).*

80 — *Nombreuses études peintes.*

OEUVRES DE DIVERS ARTISTES

81 — **Eugène Delacroix**. *La chaste Suzanne*.

82 — *Étude* ayant servi pour son tableau, *l'Éducation d'Achille*.

83 — **Couture**. *Une Tête d'étude*.

84 — **Babeook**. *La Toilette de Vénus*.

85 — **Ziem**. *Étude, la Plaine Saint-Denis*.

86 — **Imer**. *L'Ile Saint-Honorat*.

87 — **Gustave Colin**. *Esquisse, une Procession (Espagne)*.

88 — **Émile Loubon**. *Étude en Suisse*.

89 — **Monticelli**. *Le Pont de Mirabeau sur la Durance*.

90 — **Victor Mercier**. *La Correction*.

91 — **Georges Diéterle**. *Étude*.

92 — **Charles Diéterle**. *Étude*.

93 — **Laemlin**. *Dessin*, d'après son tableau : *Apollon*.

94 — **Jules Diéterle**. *Sépia*, projet de décor.

95 — **Jules Diéterle**. *Étude, à Yport*, peinture.

96 — **Edmond Yon**. *La Butte Montmartre*, peinture.

97 — **Jules Magy**. *L'Abreuvoir*.

98 — **Gabriel**. *Le Port de Marseille*, peinture.

99 — **Tony Johannot**. *Scène (Vendée)*.

100 — **Salzeman**. *Étude dans la Campagne de Rome*.

101 — **Eug. Delacroix**. Dessin relevé d'aquarelle : *Étude au Maroc*.

102 — **Bonny**. *Fragment* d'un tableau de Mantegnia.

103 — *Tête* du tableau d'après Couture : *l'Orgie romaine*.

104 — **Eug. Delacroix**. Croquis : *Intérieur au Maroc*.

105 — **Doussaut**. *Vue d'Athènes*, aquarelle.

BRONZES, MEUBLES, CURIOSITÉS

OBJETS D'ORIENT

106 — Petite pendule, du temps de Louis XVI, en marbre blanc, le cadran dans un fût à consoles volutes, ornée de guirlandes et de perles, et surmontée d'une figure d'amour en bronze ciselé et doré.

107 — Petite pendule du temps de Louis XV, en bronze doré, composée d'ornements de feuillages, et surmontée d'un fruit.

108 — Petite commode Louis XV, à deux tiroirs en bois de violette et satiné, garnie de bronzes ; dessus de marbre.

109 — Secrétaire Louis XVI, en bois satiné et de violette, marqueté à filets et garni de bronzes.

110 — Glace Louis XIV, à fronton en bois sculpté et ajouré.

111 — Petite commode ancienne à contours ; à deux tiroirs en noyer.

112 — Petite table carrée, en bois noir, à moulures.

113 — Commode Louis XVI à deux tiroirs, sur pieds élevés, en marqueterie de bois de rose à bouquets de fleurs.

114 — Console Louis XVI en acajou, à moulures de cuivre.

115 — Glace, dans un cadre Louis XIV, en bois sculpté.

116 — Petite table Louis XIII en noyer.

117 — Petit cabinet oriental en bois, richement incrusté d'os et d'ivoire à fleurs.

118 — Plusieurs autres coffrets de travail oriental.

119 — Un coffret scriban, de travail turc, en incrustation de nacre et d'os.

120 — Fragment de bas-relief : Amour soutenant un écusson ; terre cuite de Puget ; projet pour l'écusson de l'hôtel de ville de Marseille.

121 — Statuette en terre cuite, de Quingond : La toilette de Vénus.

122 — Tête d'enfant, en bois sculpté, du xviie siècle.

123 — Petit groupe en ivoire japonais : Éléphant et son cornac.

124 — Joli brûle-parfum, d'ancien travail persan, en cuivre gravé, à couvercle ajouré et à piédouche adhérent à un plateau rond.

125 — Porte-montre Louis XV, en bois de rose, orné de bronzes avec cadran émaillé à fleurs.

126 — Coffret oblong, à couvercle en toit, en bois sculpté, de Bagard (de Nancy.)

127 — Coffret turc en bois, incrusté de nacre et d'ivoire.

128 — Coffret oblong, d'ancien travail turc, en bois incrusté d'or, à damier et rosaces.

129 — Table turque en incrustation de nacre.

130 — Quatre caut clouc, ou étagères d'appliques turques, en bois sculpté, peint et rehaussé de dorure.

131 — Poignard persan, à lame de Damas et poignée damasquinée.

132 — Autre poignard persan.

133 — Divers objets d'Orient, encriers persans, boîtes en vernis persan, aiguière en métal.

134 — Grande bouilloire ancienne en cuivre rouge.

135 — Plusieurs paires de flambeaux en cuivre, Louis XIV, Louis XV, Louis XVI et d'Orient.

136 — Vielle de *Louvet à la barrière des sergents*, ornée d'une tête de femme sculptée.

137 — Guzla ou guitare turque.

138 — Bénitier en émail, de Laudin de Limoges.

139 — Médaillon en cire, buste de femme de profil à gauche, du temps de l'Empire.

140 — Bénitier en ancienne faïence italienne.

PORCELAINES ET FAIENCES ANCIENNES

141 — Plateau, à huit compartiments autour d'une étoile, en ancienne porcelaine de Chine émaillée vert, à ornements et écusson armorié.

142 — Soupière ronde et son plat en ancienne faïence de Rouen, décor polychrome.

143 — Deux brocs en ancienne faïence de Marseille et de Strasbourg.

144 — Ecuelle et son plateau en faïence de Montpellier, fond jaune et décor de fleurs.

145 — Deux soupières en faïence de Moustiers, l'une à décor en couleur, l'autre à décor bleu.

146 — Deux porte-huiliers en faïence de Moustiers, finement décorés.

147 — Grand plat de Moustiers, à décor polychrome, et diverses assiettes en faïence ancienne de Moustiers, de Marseille, de Strasbourg, de Moutpellier, etc.

148 — Grand plat oblong en faïence de Moustiers, à décor bleu.

149 — Plusieurs fragments de plaques d'ancienne faïence persane.

150 — Porcelaines anciennes de la Chine et du Japon : théières, tasses, chopes, vases.

151 — Verrerie de Bohême ancienne : flacons, sucrier en verre de Bohême.

152 — Beau tapis de prière de famille, d'ancien travail oriental.

153 — Ustensiles d'atelier d'artiste peintre.